- 中華繪本系列 -

從小讀經典 3

西遊記

[明] 吳承恩 著

碧悠動漫

白冰（改寫）

走進智慧與幻想的快樂王國

　　小朋友們，不管你們讀沒讀過《西遊記》，但是，你們肯定都知道唐僧、孫悟空、豬八戒、沙僧和白龍馬，還聽爸爸媽媽講過「大鬧天宮」「三打白骨精」「三借芭蕉扇」等非常有趣的故事，這些故事都出自我國四大名著之一的《西遊記》這部書。

　　《西遊記》講的是唐僧、孫悟空、豬八戒和沙僧降伏妖魔、西天取經的故事。作者吳承恩是今江蘇淮安人。他勤奮好學，喜歡搜奇獵怪，愛看神仙鬼怪之類的圖書，受到了民間文學的積極影響。吳承恩搜集整理民間流傳的西遊記故事和戲曲，融入現實生活的內容，寫出了完整的《西遊記》。問世以來在國內外廣為流傳，被翻譯成日、英、法、德、俄等多種文字，受到全世界讀者的喜愛。《西遊記》還在國內外多次被改編成電影、電視劇、動畫片。

　　《西遊記》是一個讓人眼花繚亂的幻想王國。在這裏，石頭裏可以跳出小石猴來；孫悟空會上天入地，會七十二變；他的猴毛能變成小猴，能變成各種各樣的東西；金箍（gū）棒會變得好長好粗，也能變成繡花針那

麼細那麼小……在這個幻想的世界裏，我們可以插上想像的翅膀，跟隨作家的想像上天入地，到處飛翔！

《西遊記》是一個給人快樂和智慧的幽默王國。孫悟空想跳出如來佛的手心，為了證明自己跳出去了，他在柱子上寫下「齊天大聖到此一遊」，還撒了一泡尿。等他翻着跟頭回到起點，才知道，他只不過在如來佛的手掌裏翻了幾個跟頭，那柱子是如來佛的手指，聞一聞，還有猴子的尿臊（sāo）味呢……在讀這些內容時，我們會「哈哈」大笑，笑過之後，我們會體味人生的智慧。幽默是一種智慧。幽默的人，大多是快樂的人、智慧的人。在這個幽默王國裏，我們可以享受快樂，更可以增長智慧。

《西遊記》是一個給人啟迪的思想王國。

唐僧他們用了十四年的時間，走了十萬八千里，經歷了八十一難，終於取到了真經。這體現了他們執着、堅定、不畏艱險的奮鬥精神。有了這種精神，做甚麼事情都會成功。

小時候，你們可以先讀改寫本，但是，年齡大一點兒，認字多了，一定要去讀原著。因為，《西遊記》是一個人一生中必讀的一本書。

祝小朋友們在《西遊記》這個幻想的王國中，得到幻想的翅膀；在《西遊記》這個幽默的王國中，得到快樂和智慧；在《西遊記》這個思想的王國中，得到人生的啟迪！

目錄

小石猴出生

從前有座山，叫花果山。山頂上，有一塊石頭。

有一天，這塊石頭裂開了，蹦出了一個石頭蛋。一見風，這顆石頭蛋變成了一隻小石猴。

這隻小石猴「嗖」地一下，從石頭裏跳出來。他學爬，學走路，眼睛裏射出兩道金光，射向天上，驚動了天上的玉皇大帝。

那猴子在山裏走呀，跳呀，吃草木，喝山泉，採山花，摘山果，和猴子們一起玩耍，好不快活。

有一天，一羣猴子去山澗裏洗澡。猴子看着山澗說：「這股水不知從哪兒來。我們今天去找它的源頭，玩去嘍！」他們順着山澗走啊走，看到了一股瀑布飛泉。

猴子們拍手說：「誰能鑽進去找到水的源頭，出來還沒事，我們就讓他當我們的大王。」

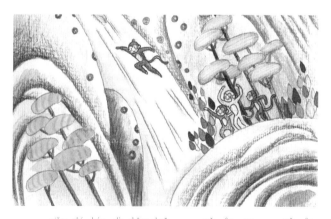

小石猴大聲說：「我進去，我進去！」他閉上眼睛，縱身往裏跳去。

xiǎo shí hóu zuān dào pù bù lǐ biān　zhēng kāi yǎn jīng
小石猴鑽到瀑布裏邊，睜開眼睛
yí kàn　dòng lǐ méi shuǐ　shàng biān jià zhe yí zuò qiáo
一看，洞裏沒水，上邊架着一座橋，
qiáo xià yǒu shí tou zuò　shí tou chuáng　shí tou pén　shí
橋下有石頭座、石頭床、石頭盆、石
tou wǎn　zhèng dāng zhōng yǒu kuài shí tou shang xiě zhe　huā
頭碗。正當中有塊石頭上寫着「花
guǒ shān　shuǐ lián dòng
果山，水簾洞」。

xiǎo shí hóu tiào chū pù bù　hóu zi men wèn
小石猴跳出瀑布，猴子們問：
lǐ miàn zěn me yàng　shuǐ yǒu duō shēn　shí hóu dào
「裏面怎麼樣，水有多深？」石猴道：
méi shuǐ　lǐ miàn yǒu yí zuò qiáo　qiáo biān yǒu huā yǒu
「沒水！裏面有一座橋，橋邊有花有
shù　zhēn shì hǎo yí zuò shí tou fáng zi　néng zhuāng xià
樹，真是好一座石頭房子，能裝下
hǎo duō hǎo duō hóu
好多好多猴。」

猴子們聽了，說：「你帶我們進去！」小石猴往裏一跳，叫道：「都跟我進來！」

石猴進了洞，說：「你們剛才說，誰能進來，出去後又沒事，就讓他當大王。我進來又出去，出去又進來，為甚麼不叫我大王？」

猴子們馬上叫了起來：「大王！大王！」從此，小石猴就成了猴子們的大王，取名叫「美猴王」。

如意金箍棒

měi hóu wáng lǐng zhe hóu zi men kāi kāi xīn xīn
美猴王領着猴子們開開心心
de shēng huó le hǎo jǐ bǎi nián hòu lái wèi le xún
地生活了好幾百年，後來為了尋
zhǎo chángshēng bù lǎo shù yòu chū qù xué běn lǐng
找長生不老術，又出去學本領。

měi hóu wáng dào chù zhǎo zhǎo le bā jiǔ
美猴王到處找，找了八、九
nián zài shān li zhǎo dào le pú tí zǔ shī pú tí
年，在山裏找到了菩提祖師，菩提
zǔ shī gěi tā qǐ le gè míng zi jiào sūn wù kōng
祖師給他起了個名字，叫孫悟空。

sūn wù kōng gēn pú tí zǔ shī xué le cháng shēng bù lǎo shù xué huì le qī shí èr biàn hái xué huì le jià jīn dǒu
孫悟空跟菩提祖師學了長生不老術，學會了七十二變，還學會了駕筋斗
yún yí gè jīn dǒu fān chū qù néng fēi shí wàn bā qiān lǐ xué huì le zhè xiē běn shi tā jiù yòu huí dào le huā guǒ shān
雲，一個筋斗翻出去，能飛十萬八千里。學會了這些本事，他就又回到了花果山。

回到花果山後，孫悟空在和妖怪打仗的時候，奪了一口大刀，於是每天練武，還教小猴子們砍竹子做標槍，削木頭做大刀。

有一天，孫悟空對猴子們說：「我這口刀不好，怎麼辦呢？」四隻老猴說：「大王要是能找到東海龍王，和他要件兵器，那多好呀！」

孫悟空到了東海，找到了龍王，把東海的定海神珍——如意金箍棒搶了過來，當了兵器。

孫悟空在東海水晶宮裏耍開了金箍棒，嚇得老龍王好害怕，嚇得小龍子「哇哇」大叫。

孫悟空回到花果山水簾洞，坐在寶座上，將如意金箍棒豎在當中。

猴子們都想來拿，可都拿不動，說：「這麼重，你怎麼拿來的！」

悟空笑着說：「這寶貝在海裏幾千年了，叫定海神珍。我去拿時，它好長好粗，我嫌大，就讓它變小了好多。你們都站開，我再叫它變一變。」

悟空把金箍棒拿在手裏，叫：「小！」金箍棒就小得像一根繡花針，可以藏在耳朵裏。他又叫：「大！」它又變得好粗好大。

美猴王當了齊天大聖

定海神珍被孫悟空搶走了，東海龍王很不高興，就去玉皇大帝那兒告狀，說孫悟空欺負龍王。玉皇大帝很生氣，要派大將去抓孫悟空。

這時，天上的一個老神仙太白金星說：「玉皇大帝呀，您能不能不抓他，讓他來天宮，大小給他個官做？他要是不聽話，就在天宮抓他。」

玉皇大帝說：「這個辦法好呀！」就讓太白金星去找孫悟空。

太白金星到了花果山，對孫悟空說：「玉帝請你上天，給你個官做。」悟空跟着太白金星來到了天宮。

玉皇大帝讓孫悟空做了弼馬温，專管養馬。一眨眼，半個月過去了，孫悟空把天馬養得膘肥體壯。

有一天，天上的仙官安排酒席，請孫悟空喝酒吃飯。

孫悟空問：「我這弼馬温是個甚麼官？」大夥兒說：「是天上最小的官，只能看馬。」

sūn wù kōng cóng ěr duo li qǔ chū jīn gū bàng yí
孫悟空從耳朵裏取出金箍棒，一
lù huī wǔ zhe dǎ chū le tiān mén
路揮舞着，打出了天門。

sūn wù kōng hěn shēng qì shuō wǒ yǐ wéi shì
孫悟空很生氣，說：「我以為是
duō dà de guān ne zěn me zhè yàng qiáo bu qǐ wǒ lǎo
多大的官呢！怎麼這樣瞧不起我老
sūn bù zuò le wǒ zǒu la huā lā yì
孫！不做了！我走啦！」「嘩啦」一
shēng bǎ jiǔ zhuō tuī dǎo
聲，把酒桌推倒。

yí huìr sūn wù kōng huí dào huā guǒ shān shang
一會兒，孫悟空回到花果山上，
gāo shēng jiào dào lǎo sūn huí lai le xiǎo hóu zi
高聲叫道：「老孫回來了！」小猴子
men dōu pǎo chū lai huān yíng tā
們都跑出來歡迎他。

15

玉皇大帝聽說孫悟空嫌官小，回了花果山，非常生氣，就派托塔李天王和他的兒子哪吒去降伏孫悟空。

孫悟空打傷了哪吒的胳膊，說：「叫玉帝封我做齊天大聖。要是玉帝不封，我就打上靈霄寶殿！」

李天王和哪吒回到天宮，把孫悟空要當齊天大聖的事報告給了玉帝。

玉帝說：「這妖猴怎敢這樣狂妄！讓眾將馬上殺了他。」

太白金星說：「萬歲，要是增兵和他鬥，怕一時不能收服他。不如就叫他做個齊天大聖。只是給個空名，不讓他管事，我們倒落個清淨。」玉帝同意了。

從此，孫悟空就做了齊天大聖，在玉皇大帝給他的齊天府裏，東遊西蕩，找這個聊天兒，找那個聊天兒，日子過得挺舒服。

孫悟空看桃園

有一天，有個仙官對玉皇大帝說：「齊天大聖天天閑逛，怕他到處閑聊惹事，不如給他找一件事做。」

玉帝叫來孫悟空說：「我見你沒甚麼事，去管那蟠桃園吧。」

孫悟空聽說，這蟠桃園裏有好多桃樹，人吃了這裏的桃，可以長生不老，非常高興。他三五天來看一次桃園，也不閑逛了。

有一天，孫悟空見那桃樹上的桃
子熟了好多，想嚐個鮮，就爬上樹，
揀那熟透的大桃吃了個飽。

過了兩三天，他又去偷了好多仙
桃吃。

這天，王母娘娘要在瑤池開蟠桃
盛會，叫仙女們去摘蟠桃。

19

仙女們來到蟠桃園，四處找，沒找到齊天大聖，只好先去摘桃。

原來，悟空變成兩寸長的小人兒，在桃樹葉子底下睡着了。仙女伸手摘桃，沒想到悟空正睡在這根樹枝上，被驚醒了。

悟空現出本相，問：「你們是哪兒來的怪物，敢偷摘我的桃！」仙女們一齊跪下說：「我們是王母娘娘派來的，摘蟠桃要開蟠桃盛會。」

悟空說：「蟠桃盛會請我了嗎？你們站在這兒，等老孫先去看看，請老孫不請。」悟空使了個定身法，仙女一個個站在那兒不能動了。

孫悟空看桃園

悟空駕雲來到瑤池，見那裏擺滿了好吃的飯菜和水果，還沒有人來。

悟空就拿了些好吃的，看見酒缸，又「咕嘟咕嘟」喝了好多酒。

悟空喝得有點醉了，想回齊天府睡覺去。沒想到他搖搖擺擺，走錯了路，進了太上老君的兜率天宮。

太上老君不在家，悟空又把葫蘆裏的仙丹像吃豆子一樣，「嘎嘣嘎嘣」都吃了。

21

一會兒，悟空酒醒了：「不好！我闖大禍了，要是玉帝知道了，就活不成了。走！回花果山當王去吧！」悟空逃回了花果山。猴子們很高興，就安排酒菜為他接風。

悟空喝了一口酒說：「不好喝，不好喝！天宮有許多仙酒，我再去拿他幾瓶回來，你們也喝點兒，好長生不老。」

悟空又到蟠桃會上，拿了很多酒，回到洞中和猴子們喝了起來。

大戰二郎神

玉皇大帝知道孫悟空偷吃仙桃、偷喝仙酒、偷吃仙丹，攪亂了蟠桃大會，便派李天王、哪吒和四大天王帶十萬天兵去花果山捉拿孫悟空。

但是，打了一天也沒捉到孫悟空。

觀音菩薩聽說了這事，為玉帝出主意：「二郎神消滅過六個妖怪，本事很大，派他去吧」。

玉帝聽了，派神仙去給二郎神送信兒。二郎神接到信兒，帶着神兵，一眨眼就到了花果山。

花果山下，四大天王、李天王和哪吒，帶着十萬天兵把花果山圍得嚴嚴實實。

二郎神對天兵天將說：「你們把四周圍緊，不要罩住頂上。請托塔天王為我拿個照妖鏡，立在空中。」

天王和天兵各擺好了陣勢，二郎神領着兵將，在那兒叫陣。

sūn wù kòng chū lái hé èr láng shén dǎ le hǎo cháng shí
孫悟空出來和二郎神打了好長時
jiān méi fēn chū shū yíng kě shì èr láng shén de bīng jiàng
間，沒分出輸贏。可是二郎神的兵將
bǎ xiǎo hóu zi men dǎ de sì chù táo cuàn
把小猴子們打得四處逃竄。

sūn wù kòng jiàn hóu zi men bèi xià pǎo le yǒu diǎn
孫悟空見猴子們被嚇跑了，有點
xīn huāng tuō zhe jīn gū bàng jiù zǒu èr láng shén zhuī le
心慌，拖着金箍棒就走。二郎神追了
shàng qu
上去。

sūn wù kòng yáo shēn yí biàn biàn chéng yì zhī má
孫悟空搖身一變，變成一隻麻
què fēi shàng le shù shāo èr láng shén biàn chéng le è dù
雀，飛上了樹梢。二郎神變成了餓肚
zi de lǎo yīng zhǎn kāi chì bǎng fēi guò qu pū dǎ
子的老鷹，展開翅膀，飛過去撲打。

wù kòng biàn zuò yì tiáo yú zuān jìn shuǐ li èr
悟空變做一條魚，鑽進水裏。二
láng shén gǎn dào jiàn biān biàn chéng yì zhī yú yīng piāo zài
郎神趕到澗邊，變成一隻魚鷹，漂在
shuǐ miàn shang
水面上。

悟空變的魚正順水游着，忽然看
見了二郎神變的魚鷹，他急轉頭，打
了個水花就走。二郎神趕上來，啄了
一嘴，沒啄到。

悟空躥出水面，變成一條水蛇，
游上岸，鑽進了草裏。

二郎神急轉身，變成了一隻灰
鶴，伸着一個鐵鉗子似的長嘴，來吃
這條水蛇。

水蛇跳一跳，又變做一隻花鴇鳥，呆呆地立在小洲上。

二郎神現了原身，取過彈弓，朝着孫悟空變的鳥打去，一下子打了孫悟空一個跟頭。

孫悟空趁機滾下山崖，變成了一座土地廟。大嘴變成了廟門，牙齒變做門扇，舌頭變做菩薩，眼睛變做窗戶。尾巴不好變，豎在後面，變做一根旗桿。

27

èr láng shén gǎn lái méi kàn jiàn bèi dǎ dǎo de niǎo
二郎神趕來，沒看見被打倒的鳥，
zhǐ jiàn yí zuò miào xiào zhe shuō méi jiàn guò nǎ zuò
只見一座廟，笑着說：「沒見過哪座
miào bǎ qí gān shù zài hòu miàn de kěn dìng shì hóu zi biàn
廟把旗桿豎在後面的！肯定是猴子變
de děng wǒ xiān dǎo chuāng hu hòu tī mén shàn
的！等我先搗窗戶，後踢門扇！」

wù kōng tīng le xīn xiǎng mén shàn shì wǒ de yá
悟空聽了，心想：「門扇是我的牙
chǐ chuāng hu shì wǒ de yǎn jing yào shi tā dǎ suì le
齒，窗戶是我的眼睛。要是他打碎了
wǒ de yá dǎ huài le wǒ de yǎn kě zěn me hǎo
我的牙，打壞了我的眼，可怎麼好？」
wù kōng tiào le qǐ lái fēi dào kōng zhōng bú jiàn le
悟空跳了起來，飛到空中不見了。

二郎神問李天王:「你看到那妖猴了嗎?」李天王用照妖鏡一照,說:「那猴子往你的廟裏飛去了。」

孫悟空變做二郎神的模樣,進了廟裏。二郎神追進門,兩個邊走邊打,又打到了花果山。

太上老君從天上扔下金剛琢,打中了孫悟空的天靈蓋,孫悟空被天兵天將按住,捆了起來,再也不能變化了。

玉帝下令處死悟空。可是,刀砍斧剁、槍刺劍擊、火燒雷打都不能傷他一根毫毛。太上老君把悟空推入八卦爐裏,要用大火燒煉他。

　　孫悟空鑽到風口下邊。那裏有風
沒火,只是煙太大,把眼睛熏紅了。
從此,孫悟空的眼睛被叫做「火眼
金睛」。

　　後來,孫悟空跳出了煉丹爐,拿
出金箍棒,到處亂打。

　　這一通亂打驚動了玉帝,玉帝
馬上派人上西方去請如來佛降伏孫
悟空。

五座山壓住孫悟空

如來佛見到了孫悟空，笑着說：「我是如來佛。聽說你老在天宮搗亂，為甚麼啊？你有甚麼本事？」

孫悟空說：「我會長生不老術，還會七十二變，我想要住到天宮裏邊。為甚麼玉帝老是住在天宮裏？」

如來佛聽了，冷笑說：「你怎麼敢奪玉皇大帝的位子？他經歷過好多劫難，修煉了好多年了。你一隻猴子，為甚麼說出這樣的大話！」

孫悟空說：「皇帝輪流做，明年到我家。只要玉帝不把天宮讓給我，我肯定還要鬧！」

如來佛問：「你除了長生、變化的法術，還有甚麼本事？」悟空說：「多着哩！我會駕筋斗雲，一個跟頭十萬八千里。」

如來佛說：「我和你打個賭。你要是一個跟頭翻出我這右手掌，我就請玉帝到西方居住，把天宮讓給你。」

悟空心裏高興壞了：「這如來佛好傻！他那手掌不滿一尺，怎麼會跳不出去？」

rú lái fó shēn kāi yòu shǒu　　sūn wù kōng jiāng shēn yī
如來佛伸開右手，孫悟空將身一

zòng　zhàn zài fó zǔ shǒu xīn li　dà shēng hǎn　　wǒ
縱，站在佛祖手心裏，大聲喊：「我

lǎo sūn chū qù le　rú lái fó shēn zhe shǒu zhǎng kàn zhe
老孫出去了！」如來佛伸着手掌看着，

wù kōng zài tā de shǒu zhǎng li dī liū liū xiàng qián fān zhuǎn
悟空在他的手掌裏滴溜溜向前翻轉。

wù kōng fān zhe fān zhe　　hū rán kàn jiàn yǒu wǔ gēn
悟空翻着翻着，忽然看見有五根

ròu hóng zhù zi　chēng zhe yī gǔ qīng qì　tā xiǎng　　zhè
肉紅柱子，撐着一股青氣。他想：「這

lǐ kě néng dào le jìn tóu le　zhè huí huí qù　rú lái
裏可能到了盡頭了。這回回去，如來

fó gěi wǒ zuò zhèng　tiān gōng kěn dìng shì wǒ de le
佛給我作證，天宮肯定是我的了。」

33

wù kōng yòu xiǎng le xiǎng shuō　　　wǒ yào liú xià jì
悟空又想了想說:「我要留下記
hao　　cái hǎo hé rú lái shuō huà
號,才好和如來說話。」

tā bá xià yì gēn háo máo　　biàn zuò yì zhī bǐ
他拔下一根毫毛,變做一支筆,
zài nà zhōng jiān zhù zi shang xiě le yì háng dà zì 　qí
在那中間柱子上寫了一行大字「齊
tiān dà shèng dào cǐ yì yóu
天大聖到此一遊」。

xiě wán　　tā shōu le háo máo　　zài dì yī gēn zhù
寫完,他收了毫毛,在第一根柱
zi gēn xià　　sǎ le pāo niào
子根下,撒了泡尿。

wù kōng shuō　wǒ dōu dào le tiān jìn tóu　kàn
悟空說：「我都到了天盡頭，看
jiàn le wǔ gēn ròu hóng zhù zi　wǒ hái liú le gè jì hao
見了五根肉紅柱子，我還留了個記號
zài nà lǐ　nǐ gǎn hé wǒ qù kàn kan ma
在那裏，你敢和我去看看嗎？」

wù kōng fān zhe gēn tou　huí dào qǐ diǎn　zhàn zài
悟空翻着跟頭，回到起點，站在
rú lái fó shǒu zhǎng li shuō　wǒ yǐ jīng fān chū nǐ de
如來佛手掌裏說：「我已經翻出你的
shǒu zhǎng　xiàn zài huí lái le　nǐ ràng yù dì bǎ tiān gōng
手掌，現在回來了，你讓玉帝把天宮
ràng gěi wǒ ba　rú lái fó shuō　nǐ zhè hóu zi
讓給我吧。」如來佛說：「你這猴子，
nǐ hái méi yǒu lí kāi wǒ de shǒu zhǎng li
你還沒有離開我的手掌哩！」

rú lái fó shuō　bú yòng qù　nǐ zì jǐ dī
如來佛說：「不用去，你自己低
tóu kàn kan
頭看看。」

孫悟空低頭一看，看到如來佛右手中指上寫着「齊天大聖到此一遊」。大拇指縫裏，還有猴尿的臊氣呢。

悟空驚訝地說：「我把那幾個字寫在撐天柱上，怎麼在你的手指上？我不信！等我再試一次！」

悟空又要跳出去，如來佛把五指變成五座山，把孫悟空壓在了山底下。

偷吃人參果

如來佛派觀音菩薩去東土找一個取經人，叫他到西天來取經，好勸人學好。

觀音菩薩領命到了東土大唐長安城，和唐太宗商量，選中了唐僧。

唐僧按照菩薩的指點，把孫悟空從山下救了出來，收孫悟空做了徒弟。

又和悟空一起，降伏了一條白龍，讓牠變成了白馬。

他們走了好多天，來到了一個道
觀裏，裏邊住着一個大仙。

唐僧還收服了豬八戒，制伏了沙
僧，也收他們倆當了徒弟。這師徒四
人開始去西天取經。

觀裏長着一棵人參果樹。果子的
模樣就像小孩兒，鼻子眼睛胳膊腿全
有。人吃了，可以長壽。

那天，大仙帶着他的徒弟們上了天宮，留下兩個最小的看家，一個叫清風，一個叫明月。

大仙吩咐說：「我的老朋友唐僧去西天取經，會路過這裏，你們打兩個人參果給他吃。只許給他兩個。」

這天，唐僧他們到了。清風、明月按照師父的話，打下兩個人參果送給唐僧，說：「師父，送您兩個人參果解解渴吧。」

唐僧見人參果活像小孩兒，嚇得不敢吃。

liǎng gè xiān tóng huí dào fáng zhōng bǎ rén shēn guǒ chī
兩個仙童回到房中把人參果吃
le biān chī hái biān shuō rén shēn guǒ hǎo chī tā men de
了，邊吃還邊說人參果好吃。他們的
huà zhèng hǎo bèi bā jiè tīng dào le
話正好被八戒聽到了。

bā jiè zuǐ chán jiù chán zhe ràng sūn wù kōng qù tōu
八戒嘴饞，就纏着讓孫悟空去偷
jǐ gè lái chángchang
幾個來嚐嚐。

wù kōng jiù dào shù shang dǎ xià sān gè rén shēn guǒ
悟空就到樹上打下三個人參果，
hé bā jiè shā sēng fēn zhe chī le
和八戒、沙僧分着吃了。

那八戒把人參果囫圇吞下，說：
「這人參果吃着不過癮，再吃一個
才好。」

清風聽見這話，說：「明月，你聽
那和尚的話，他們是不是偷吃了我們
的人參果？」明月說：「我們去看看！」

他們兩個急忙走進園裏，數來數
去，人參果果然少了幾個！

liǎng gè xiān tóng jiù lái zhǎo táng sēng gào zhuàng
兩個仙童就來找唐僧告狀。

táng sēng jiào lái sān gè tú dì xún wèn　wù kōng shuō le
唐僧叫來三個徒弟詢問。悟空說了
shí huà　　hái shuō　　chī yě chī le　　yào zěn me yàng
實話，還說：「吃也吃了，要怎麼樣？」

qīng fēng　　míng yuè shí fēn qì fèn　dà shēng de mà
清風、明月十分氣憤，大聲地罵
tā men　wù kōng shēng qì le　xīn xiǎng　　zhè tóng zǐ
他們。悟空生氣了，心想：「這童子
tài kě wù le　wǒ bǎ shù tuī dǎo le　ràng nǐ men shéi
太可惡了，我把樹推倒了，讓你們誰
yě chī bu chéng
也吃不成！」

wù kōng bǎ nǎo hòu de háo máo bá le yì gēn　　chuī
悟空把腦後的毫毛拔了一根，吹
kǒu xiān qì　jiào　　biàn　　biàn zuò gè jiǎ wù kōng
口仙氣，叫：「變！」變做個假悟空
zài zhèr ái mà　　tā de zhēn shēn fēi dào yuán li　yòng
在這兒挨罵。他的真身飛到園裏，用
jīn gū bàng bǎ shù tuī dǎo le
金箍棒把樹推倒了。

liǎng gè xiān tóng mà le yí huìr yòu dào yuán zhōng
兩個仙童罵了一會兒，又到園中
lái kàn rén shēn guǒ shù zhǐ jiàn nà shù dǎo zài dì shang
來看人參果樹，只見那樹倒在地上，
gēn lù zài wài miàn tā men xià huài le
根露在外面。他們嚇壞了。

zěn me bàn ne qīng fēng míng yuè chèn táng sēng tā men
怎麼辦呢？清風明月趁唐僧他們
chī fàn shí bú zhù yì měng de bǎ mén yì guān bǎ tā
吃飯時不注意，猛地把門一關，把他
men suǒ zài le wū li
們鎖在了屋裏。

táng sēng mán yuàn wù kōng shuō nǐ tōu chī le guǒ zi ràng tā mà jǐ jù yě jiù suàn le zěn me yòu tuī dǎo tā
唐僧埋怨悟空說：「你偷吃了果子，讓他罵幾句也就算了，怎麼又推倒他
de shù xiàn zài zěn me bàn wù kōng shuō shī fu děng tā men dōu shuì zháo le wǒ men lián yè táo zǒu
的樹！現在怎麼辦？」悟空說：「師父，等他們都睡着了，我們連夜逃走。」

yuè liang chū lái le　　wù kōng shǐ le gè jiě suǒ
月亮出來了。悟空使了個解鎖
fǎ　wǎng mén shang yī zhǐ　dǎ kāi le mén
法，往門上一指，打開了門。

táng sēng chū le mén　shàng le mǎ　　bā jiè tiāo zhe
唐僧出了門，上了馬。八戒挑着
dàn　shā sēng lǒng zhe mǎ　xiàng xī zǒu qù
擔，沙僧攏着馬，向西走去。

zài shuō nà dà xiān dài zhe tú dì men cóng tiān gōng huí
再說那大仙帶着徒弟們從天宮回
dào dào guàn　tīng shuō le zhè shì　tè bié shēng qì　jiù
到道觀，聽說了這事，特別生氣，就
hé míng yuè　qīng fēng qù zhuī
和明月、清風去追。

kàn dào wù kōng tā men zhèng zài lù páng shù xià xiū
看到悟空他們正在路旁樹下休
xi　nà dà xiān chōng shàng qián　zhǐ zhe wù kōng shuō
息，那大仙衝上前，指着悟空說：
nǐ zhè ge hóu zi　huán wǒ shù lái
「你這個猴子，還我樹來！」

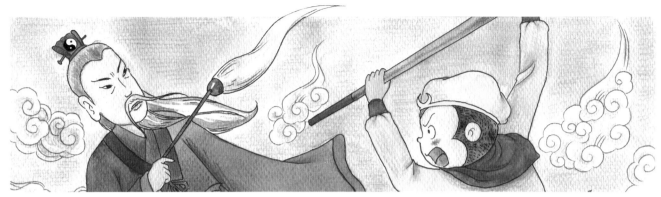

wù kōng chāo qǐ jīn gū bàng duì dà xiān pī tóu jiù dǎ
悟空抄起金箍棒對大仙劈頭就打。dà xiān duǒ guò大仙躲過，fēi dào kōng zhōng飛到空中。wù kōng téng yún shàng qu悟空騰雲上去，
yòng jīn gū bàng luàn dǎ
用金箍棒亂打。

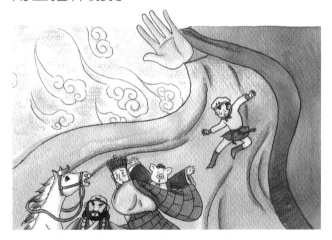

dà xiān zài yún li bǎ páo xiù yíng fēng qīng qīng yì
大仙在雲裏把袍袖迎風輕輕一
zhǎn bǎ táng sēng shī tú sì gè hái yǒu mǎ hé xíng li
展，把唐僧師徒四個，還有馬和行李
dōu zhuāng jìn le xiù zi
都裝進了袖子。

nà dà xiān huí dào dào guàn cóng xiù zi li bǎ táng
那大仙回到道觀，從袖子裏把唐
sēng shī tú sì gè ná chū lái kǔn zài zhèng diàn yán zhù
僧師徒四個拿出來，捆在正殿簷柱
shang měi yì gēn zhù shang bǎng le yí gè
上。每一根柱上綁了一個。

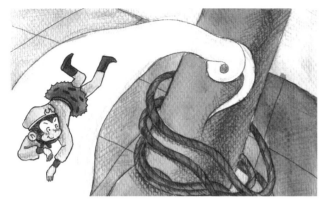

深夜，悟空把身子變小，解開身上的繩索，說：「師父，我們逃吧！」

他解開了唐僧、八戒、沙僧身上的繩索，師徒四人一起逃出了門。

悟空又讓八戒砍了四棵柳樹，唸動咒語，叫聲：「變！」把四棵樹變做四個人的模樣。

天亮了，大仙發現他們都變成了樹，冷笑說：「這孫悟空居然能綁些柳樹在這兒頂替真身。不能饒他！」

dà xiān zhuī shàng tā men　　páo xiù yì zhǎn　　yòu
大仙追上他們，袍袖一展，又
bǎ shī tú sì gè　　mǎ hé xíng li　　dōu zhuāng jìn le
把師徒四個、馬和行李，都裝進了
xiù zi
袖子。

dà xiān huí dào guàn li　　cóng xiù zi li bǎ tā men
大仙回到觀裏，從袖子裏把他們
ná chū lái　　yòu bǎ tā men bǎng zài shù shang
拿出來，又把他們綁在樹上。

nà dà xiān jiào rén tái chū yóu guō　　jià qǐ gān chái
那大仙叫人抬出油鍋，架起乾柴，
shāo qǐ dà huǒ　　shuō　　bǎ sūn wù kōng fàng jìn yóu guō
燒起大火，說：「把孫悟空放進油鍋
li zhá yi zhá　　wèi wǒ de rén shēn guǒ shù bào chóu
裏炸一炸，為我的人參果樹報仇！」

孫悟空見西邊有一個石獅子，就使個法術，把石獅子變做他的模樣，來替了他。他的真身卻飛到雲端裏，低頭看着。

小童們把假孫悟空扛起來，往鍋裏一扔，「咣」的一聲，把鍋砸漏了。

大仙更加生氣，說：「換新鍋，炸唐僧！」

孫悟空在半空裏想：「我要去救師父。」他趕緊落到地上，說：「別炸我師父，我來下油鍋。」

那大仙一把扯住他，說：「你還我人參果樹！」悟空說：「你放了我師父，我就還你一棵活樹！」

大仙放了唐僧、八戒、沙僧。孫悟空駕起筋斗雲，找到了觀音菩薩，求他幫忙。

菩薩跟着悟空趕到道觀，看見那
棵人參果樹倒在地上，葉子也落了，
樹枝也枯了。

菩薩用楊柳枝把清泉水撣到人參
果樹上，口中唸着咒語。不一會兒，
那樹又活了，又掛滿了人參果。

師徒四人又向西走，遇見一座高山。他們走進山，唐僧說：「悟空，我肚子餓了，你去哪裏找點吃的？」

悟空跳到雲上，手搭涼棚，看見正南的一座高山上有一片熟透了的桃林，就一個筋斗奔南山摘桃去了。

這山上有一個妖怪，他在雲裏看見唐僧，心想：「聽人說，吃唐僧一塊肉，會長生不老。今天是個好機會。」

那妖怪搖身一變，變做一個漂亮姑娘，一手提着個青砂罐，一手拿着個綠瓷瓶，直奔唐僧。

八戒上前問：「你手裏拿着的是甚麼？」那妖怪說：「我這罐裏是米飯，瓶裏是炒麵筋，我是給你們送齋飯的。」

唐僧聽了問：「你的家在哪兒？」那妖怪撒謊說：「我家在西邊。我丈夫在山北鋤田。這是我給他煮的午飯。既然遇到三位師父，就把飯送給你們。」

悟空從南山摘桃子回來，用火眼金睛一看，認得那女子是個妖怪，掏出金箍棒就打。

唐僧嚇得大叫。悟空說：「她是個妖怪！」唐僧說：「她給我們送飯吃，你怎麼說她是妖怪？」

悟空不聽，舉起金箍棒又打，那妖怪逃跑了，把一個假屍首留在地上。唐僧嚇得直哆嗦，說：「這猴子太不講理了，無緣無故傷人性命！」

悟空說：「師父，你來看看這罐
子裏是甚麼東西。」

豬八戒說：「師父，這個女子是
個農婦，師兄打她一下，沒想到就打
死了，怕你唸緊箍咒，就把罐子裏的
東西變成這樣了。」

沙僧攙着唐僧，近前一看，啊！
罐子裏是拖着尾巴的長蛆；瓶子裏
是幾隻青蛙、癩蛤蟆。他有些相信悟
空了。

táng sēng shuō　　　nǐ huí qu ba　wǒ bú yào nǐ
唐僧說：「你回去吧！我不要你
zuò tú dì le
做徒弟了。」

táng sēng tīng le zhè huà　jiù niàn qǐ le jǐn gū
唐僧聽了這話，就唸起了緊箍
zhòu　　zhè ge gū zi tào zài sūn wù kōng de tóu shang
咒——這個箍子套在孫悟空的頭上，
táng sēng yí niàn jǐn gū zhòu　wù kōng de tóu jiù téng　wù
唐僧一唸緊箍咒，悟空的頭就疼。悟
kōng téng de dà jiào　bié niàn le　bié niàn le
空疼得大叫：「別唸了，別唸了！」

wù kōng kǔ kǔ āi qiú　　dā ying bú zài shāng rén
悟空苦苦哀求，答應不再傷人，
táng sēng cái tóng yì ráo tā zhè yí cì　bìng shuō　rú
唐僧才同意饒他這一次，並說：「如
guǒ nǐ hái zuò è　zhè zhòu yǔ jiù niàn èr shí biàn
果你還作惡，這咒語就唸二十遍！」

那妖怪特別壞，這次又變成一個八十歲的老奶奶，拄着拐杖，哭着走過來。

八戒見了，說：「師父，不好了！那女孩的媽媽來找人了！」唐僧問：「找甚麼人？」

八戒說：「師兄打死的，肯定是她女兒，她娘找來了。」悟空說：「你別胡說！等我去看看。」

悟空認得她是妖怪，舉棒就打。那妖怪又逃走了，變了個假屍首留在地上。

唐僧生氣了，唸了二十遍緊
箍咒。

悟空頭好疼，哀求說：「師父別
唸了！」唐僧說：「我這樣勸你，你
怎麼還是不聽話？又打死一個人！」

悟空說：「她是妖怪。」唐僧道：
「你胡說！哪有這麼多妖怪！你不做
好事，老做壞事，你走吧！」

悟空要唐僧唸個鬆箍咒，褪下頭
上的箍子。唐僧不會唸鬆箍咒，沒辦
法，只好又饒了悟空這一次。

誰知，那妖怪又變成一個老頭
兒，走了過來。悟空認出他是妖怪，
想打死他，又怕唐僧說自己亂殺人；
不打死他，又怕他把師父抓去！

怎麼辦？還是打吧。孫悟空高舉
金箍棒打死了妖怪。那個妖怪現出了
原形，原來是個白骨精。

可是，唐僧不信這個老頭兒是白骨精，他又唸起咒來。悟空的頭又疼了，叫：「別唸了，別唸了！」唐僧說：「你一連打死三人，別跟着我啦，你回去吧！」

悟空說：「這傢夥分明是個妖怪，要害您。我打死他，替您除了害，您不相信我，老是趕我走。好！我走，我走！」

wù kōng zì gě ér liú zhe yǎn lèi jià jīn dǒu yún
悟空自個兒流着眼淚，駕筋斗雲
huí huā guǒ shān shuǐ lián dòng qù le
回花果山水簾洞去了。

hòu lái táng sēng bèi yí gè yāo guài zhuā zhù le
後來，唐僧被一個妖怪抓住了。
bā jiè hé shā sēng dōu méi bàn fǎ jiù tā
八戒和沙僧都沒辦法救他。

zhū bā jiè zhǐ hǎo qù huā guǒ shān qǐng sūn wù kōng huí lái jiù táng sēng sūn wù kōng zhè cái yòu gēn zhe táng sēng qù qǔ jīng
豬八戒只好去花果山請孫悟空回來救唐僧。孫悟空這才又跟着唐僧去取經。

巧借芭蕉扇

唐僧他們走呀走，越往前走越熱。唐僧說：「現在是秋天，怎麼越來越熱？」

一打聽才知道，火焰山離這兒不遠，是去西方一定要經過的道路，那兒有八百里火焰，周圍一根草都不長。

離這兒好遠的地方，有座翠雲山，山裏有個芭蕉洞，洞裏有個羅剎女，是牛魔王的妻子。她有一把芭蕉扇。扇一下，能扇滅大火；扇兩下，能颳起風來；扇三下，就能下雨。

悟空就駕着筋斗雲，去借芭蕉
扇。到了翠雲山，他敲開了洞門。

羅剎女說：「你讓我砍上幾劍！
要是不怕疼，就借扇子給你！」

悟空笑着說：「你想砍多少劍，
就砍多少劍，借給我扇子就行。」

羅剎女雙手掄劍，照孫悟空頭
上砍了十多下，悟空一點兒也不怕。

羅剎女要逃走，悟空說：「快借給我扇子使使！」羅剎女說：「我不借。」悟空說：「不借就吃我一棒！」

悟空掏出金箍棒來就打，羅剎女打不過他，就取出芭蕉扇，使勁一扇，把悟空扇得不知飄到哪兒去了。

悟空在天上飄了一夜，天亮才落到一座山上，雙手抱住山峯上的一塊石頭。

zhè shí yí wèi shén xiān lái dào tā shēn biān sòng
這時，一位神仙來到他身邊，送
gěi tā yí lì dìng fēng dān shuō nǐ yǒu le dìng fēng
給他一粒定風丹，說：「你有了定風
dān luó chà nǚ zěn me yě shān bu dòng nǐ le
丹，羅剎女怎麼也扇不動你了。」

sūn wù kōng jià zhe jīn dǒu yún fǎn huí le cuì yún
孫悟空駕着筋斗雲，返回了翠雲
shān bā jiāo dòng luó chà nǚ de jiā mén qián
山芭蕉洞羅剎女的家門前。

sūn wù kōng yòng jīn gū bàng qiāo dǎ zhe dòng mén
孫悟空用金箍棒敲打着洞門，
jiào kāi mén lǎo sūn yòu lái jiè shàn zi le
叫：「開門！老孫又來借扇子了！」

羅剎女很奇怪：「我的扇子扇着人，要飛八萬多里才能停下，孫悟空怎麼才去就回來了？」

她想再扇幾下，讓孫悟空找不着回來的路，可是她對着悟空連扇了幾下，悟空怎麼也不動。

羅剎女慌了，走進洞裏，將門緊緊關上。悟空見她關了門，就變做一隻小蜜蜂，從門縫鑽了進去，飛到了羅剎女的茶杯的茶沫底下。

趁羅剎女喝茶的時候,悟空到了
她的肚子裏,高叫:「把扇子借給我!」

悟空在羅剎女的肚子裏又蹬又
踹,羅剎女好疼,忙叫饒命。悟空
說:「快把扇子借給我。」羅剎女說:
「你出來,就給你!」

羅剎女好害怕:「你在哪裏?」
悟空說:「我在你的肚子裏。」

zhè wù kōng ná zhe bā jiāo shàn　　dài zhe shī fu
這悟空拿着芭蕉扇，帶着師父、
shī dì qù guò huǒ yàn shān　　shéi zhī dào yuè shàn huǒ yuè dà
師弟去過火焰山，誰知道越扇火越大。

wù kōng zhè cái biàn chéng xiǎo mì fēng　　fēi le chū
悟空這才變成小蜜蜂，飛了出
lái　ná le shàn zi　shuō shēng　　xiè le　　fēi
來，拿了扇子，說聲：「謝了！」飛
chū le bā jiāo dòng
出了芭蕉洞。

wù kōng zhè cái zhī dào bèi luó chà nǚ piàn le　　zhè
悟空這才知道被羅剎女騙了，這
shì yì bǎ jiǎ de bā jiāo shàn　　zěn me cái néng jiè dào zhēn
是一把假的芭蕉扇。怎麼才能借到真
de bā jiāo shàn ne
的芭蕉扇呢？

悟空去找牛魔王，可是牛魔王也不肯借給他，還對他劈頭就打。孫悟空和那牛魔王打了好一會兒，不分輸贏。

這時，有個小妖精來對牛魔王說：「大王，我們大王請您去做客呢！」

牛魔王聽了說：「猴子，先別打了，我去一個朋友家赴宴！」說着騎上避水金睛獸，飛走了。

悟空悄悄跟着他，見牛魔王進了龍宮，就變做一隻螃蟹。悟空看到牛魔王在老龍精那兒吃飯，就偷了他的避水金睛獸。

孫悟空變做牛魔王，騎着避水金睛獸來到芭蕉洞。他要假扮牛魔王騙到真扇子。

羅剎女見「牛魔王」回來了，特別高興，就和他坐下喝酒。假牛魔王趁機問真扇子藏在哪裏。

luó chà nǚ cóng zuǐ li tǔ chū xìng yè dà xiǎo de bā
羅剎女從嘴裏吐出杏葉大小的芭
jiāo shàn dì gěi wù kōng shuō zài zhèr ne
蕉扇，遞給悟空說：「在這兒呢。」

wù kōng jiē zài shǒu zhōng wèn zhè me xiǎo de dōng
悟空接在手中，問：「這麼小的東
xi zěn me néng shàn miè bā bǎi lǐ huǒ yàn luó chà
西，怎麼能扇滅八百里火焰？」羅剎
nǚ jiù bǎ bā jiāo shàn biàn dà de kǒu jué shuō le chū lái
女就把芭蕉扇變大的口訣說了出來。

wù kōng tīng le jì zài xīn shang bǎ shàn zi
悟空聽了，記在心上，把扇子
hán zài zuǐ li xiàn le běn xiàng gāo jiào luó chà
含在嘴裏，現了本相，高叫：「羅剎
nǚ nǐ kàn wǒ shì shéi luó chà nǚ yí jiàn dà
女！你看我是誰！」羅剎女一見，大
jiào qì sǐ wǒ le
叫：「氣死我了！」

71

悟空走在路上，試着用了一下那口訣，把芭蕉扇變大，扛在肩上，向火焰山飛去。

牛魔王散了筵席，出門不見了避水金睛獸，回到芭蕉洞，才知道孫悟空騙走了芭蕉扇。

牛魔王趕上孫悟空，見他肩上扛着芭蕉扇，就變做豬八戒，迎着悟空，叫道：「師兄，師父讓我來接你。你辛苦了，我替你扛着扇子吧。」孫悟空把扇子遞給了假的豬八戒。

牛魔王把扇子變小，現出本相，罵道：「猴子！認得我嗎？」悟空一看自己上了當，氣得舉棒劈頭便打。

那牛魔王就用扇子扇他，憑他怎麼扇，悟空一動也不動。

牛魔王着慌了，把扇子扔進嘴裏，雙手掄劍就砍。

táng sēng ràng bā jiè qù jiē wù kōng bā jiè jiàn wù
唐僧讓八戒去接悟空，八戒見悟
kōng yǔ niú mó wáng zhèng zài dǎ zhàng jiù chōng le shàng qu
空與牛魔王正在打仗，就衝了上去，
yòng dīng pá luàn dǎ niú mó wáng
用釘耙亂打牛魔王。

niú mó wáng zhāo jià bú zhù jiù táo huí le bā jiāo
牛魔王招架不住，就逃回了芭蕉
dòng wù kōng hé bā jiè zhuī dào le bā jiāo dòng bǎ niú
洞。悟空和八戒追到了芭蕉洞，把牛
mó wáng dǎ de pì gǔn niào liú
魔王打得屁滾尿流。

牛魔王正要逃跑，遇到了玉帝派來的李天王和哪吒，牛魔王急了，搖身一變，變做一頭大白牛，用兩隻角去頂李天王，李天王就用刀來砍。哪吒取出風火輪掛在那老牛的角上，熊熊火焰把牛魔王燒得大叫。

牛魔王又被李天王用照妖鏡照住，動也不能動，大叫求饒，答應把芭蕉扇拿出來。

大夥兒押着牛魔王來到了芭蕉洞，牛魔王讓羅剎女把芭蕉扇交給了悟空。

師徒四人來到了火焰山。悟空拿着扇子，走到山邊，扇一下，火焰滅了。

又扇一下，有了涼風。扇了第三下，天上落下了細雨。

悟空連扇了四十九下，天上下起了瓢潑大雨。

他們過了火焰山，把扇子還給了羅剎女，又走上了取經的路。

取到了真經

táng sēng shī tú yòng le shí sì nián de shí jiān zǒu le
唐僧師徒用了十四年的時間，走了
shí wàn bā qiān lǐ de lù chéng jīng lì le bā shí yī cì jié
十萬八千里的路程，經歷了八十一次劫
nàn cái lái dào le xī tiān qǔ dào le zhēn jīng
難，才來到了西天，取到了真經。

zhōng yú qǔ dào le zhēn jīng shī tú sì rén hǎo
終於取到了真經，師徒四人好
gāo xìng ya
高興呀！

bā dà jīn gāng jià zhe yún bǎ tā men sì rén
八大金剛駕着雲，把他們四人
sòng dào le dōng tǔ dà táng cháng ān chéng de shàng kōng
送到了東土大唐長安城的上空。

他們落到地上，沙僧挑着擔，八戒牽着馬，悟空陪着唐僧，師徒四人來到長安城邊，唐太宗和許多大臣都來迎接他們。

唐僧騎着馬，悟空、八戒、沙僧跟着，隨唐太宗進了長安城。

從此，唐僧他們取來的真經，開始在東土到處流傳。

從小讀經典 3
西遊記

[明] 吳承恩　著

圖 / 碧悠動漫
文 / 白冰（改寫）

責任編輯：楊歌
裝幀設計：立青
排版：陳美連
印務：劉漢舉

出版 / 中華教育
香港北角英皇道 499 號北角工業大廈 1 樓 B
電話：（852）2137 2338
傳真：（852）2713 8202
電子郵件：info@chunghwabook.com.hk
網址：http://www.chunghwabook.com.hk

發行 / 香港聯合書刊物流有限公司
香港新界荃灣德士古道 220-248 號荃灣工業中心 16 樓
電話：（852）2150 2100
傳真：（852）2407 3062
電子郵件：info@suplogistics.com.hk

印刷 / 美雅印刷製本有限公司
香港觀塘榮業街 6 號海濱工業大廈 4 樓 A 室

版次 / 2018 年 2 月初版
　　　2023 年 5 月第 3 次印刷
© 2018 2023 中華教育

規格 / 16 開（226mm x 190mm）
ISBN / 978-988-8512-02-7